ÉUGÈNE MONTFORT,

SYLVIE

ou

les émois passionnés,

PRÉFACE

DE

SAINT-GEORGES DE BOUHÉLIER

PARIS

ÉDITION DV MERCVRE DE FRANCE

XV, RVE DE L'ÉCHAVDÉ-SAINT-GERMAIN, XV

M DCCC XCVI

SYLVIE

ou

les émois passionnés

EUGÈNE MONTFORT

SYLVIE

ou

les émois passionnés

PRÉFACE

DE

SAINT-GEORGES DE BOUHÉLIER

PARIS

ÉDITION DV MERCVRE DE FRANCE

XV, RVE DE L'ÉCHAVDÉ-SAINT-GERMAIN, XV

M DCCC XCVI

A SYLVIE

PRÉFACE

Si quelques juvéniles auteurs, de qui le prodigieux talent n'exclut pas une sincérité exceptionnelle, paraissent tout épris de l'amour, de l'allégresse et de la terre, ce n'est point parce que je les engageai à y prêter leur attention, mais le sentiment national et aussi la tendresse qu'ils ont su concevoir pour des Demoiselles de Félicité, les ont reconquis sur tant de fictions et de barbares légendes allemandes dont s'enthousiasmaient fortement les gens, aux alentours de 1890.

C'est un fait constant, aujourd'hui, que la Mouquette et Eucharis ont obtenu leurs jeunes faveurs et nous désirons l'étreinte du dieu Pan. Aussi n'est-il point téméraire de supposer que ces poètes sont prédestinés à de charmantes gloires. D'ici trois ou quatre ans à peine, la chimérique littérature de M. Henri de Régnier paraîtra d'un goût aussi rococo que les élégies de Baour-Lormian, ou les bucoliques de l'abbé Delille ; je souhaite que ce temps ne vienne pas trop tôt. Tout au moins, MM. de Gourmont, Montesquiou et H. de Régnier ont montré une extrême patience. Ils subirent des fatalités. Ils n'ont pu se débarrasser des pesantes méthodes d'un Charles Baudelaire, et Stéphane Mallarmé les a défigurés. D'ailleurs, nous inscrirons dans les anthologies, une ou deux ariettes de ces écrivains.

Comme aucun de ces personnages n'était embelli de suaves sentiments, je crois qu'ils conçurent le dessein d'en feindre. Avec l'aide d'antiques astrologues, les noirs manuels de sorcellerie, des bestiaires et des blasons, ils n'ont point paru sans émotionner. Mais nous les abandonnons.

A vrai dire, je concède que, dans quelques années, l'excès de sensibilité où se vont porter de nouveaux auteurs, les défaillances qu'ils montreront, les larmes, les soupirs, les sanglots dont ils paraîtront extrèmement prodigues, ne laisseront point, sans aucun doute, que d'incommoder le public. Pour moi, j'en éprouve de l'ennui. Cette perspective m'effraie assez. Rien de plus froissant que l'admiration en laquelle nous tiennent les gens du commun. Car quand ceux-ci forment l'entreprise de composer des tragédies, de pathétiques romans ou des églogues fraîches, leur vulgarité dépasse tout. Afin de suppléer à un génie propre, ils empruntent celui de quelque écrivain, et la parodie qu'ils en font demeure la plus fâcheuse du monde. Combien je sens qu'ils s'appliqueront à s'emparer de nos pensées, et à prendre enfin cette riche aptitude qui nous porte à être extasiés, perpétuellement, là et ailleurs, au sujet d'une coquille marine, d'une belle demoiselle dénouant sa ceinture, ou bien d'un rouge grain de grenade. Le goût que nous inspire le monde n'est déjà que trop répandu. On compose des dissertations très naturistes. On devient tendre et véhément. On courtise l'aurore avec frénésie. Rousseau et Rimbaud prennent de l'importance, tandis que M. de Saint-Pierre acquiert l'attention de quelques esprits.

*
* *

Cette exquise demoiselle d'amour que M. Montfort a appelée Sylvie et sur laquelle il souhaite que chacun

*s'attendrisse, ne pensez point qu'elle soit bien singulière.
— Le beau mérite qu'il y aurait a lui attribuer de
spécieux attraits ! Mais comme elle est assez plausible,
elle ressemble à l'une et à l'autre. A cet égard, je la
crois d'un prix rare. Sa simplicité me la rend plus
chère, et il échappe à son amant deci, delà, au jour le
jour, de jeunes gémissements infiniment purs, les plus
banalement beaux du monde.*

*Elles sont toutes les mêmes, ces charmantes enfants,
et le précieux charme de Sylvie consiste précisément a
n'en point posséder qui la différencie d'elles toutes.
Malgré l'adorable innocence dont s'embellissent leurs
perfidies, combien nous souffrons qu'elles en aient !
Ah ! pourquoi verser tant de larmes quand l'une de
ces petites frivoles trompe la constance de notre
amour ? Quoiqu'elles nous aient séduits par d'émi-
nentes vertus, ne les croyez point si extraordinaires
que nulle ne puisse s'en décorer. Elles peuvent prendre
toutes les inflexions. Elles se parent du don des mobi-
lités. La stagnation les excède. — Belles demoiselles,
pourquoi ne dansez-vous ?*

*Quelle grâce, quelle naïveté et quelle magnificence !
En voici de qui la sonore robe rose roule comme un
torrent. Le poudroiement des herbes reluit en fugaces
flammes dans le bleuâtre éclat des lins. Je pense qu'elles
possèdent le sens de la terre. Elles s'y apparient avec
séduction. Les mousselines empruntent les riches
teintes des roses, du ciel frais et des joyeuses mers,
en sorte qu'elles en paraissent vêtues, scintillantes
d'eau opaque et de ténèbre à fleurs. Auprès de l'une
ou bien de l'autre, il est impossible de ne point songer
à la cadence de l'immense univers.*

*Ainsi, soit que ces suaves jeunes femmes, tout à coup,
miraculeusement, immobilisent le frais flux d'or que
tord la blanche robe en orage, soit qu'elles rient et
dansent, changeantes transparences, chutes et tourbil-
lons, les roses en volutes, soit que, voluptueuses, elles*

se couchent, leur beauté est surnaturelle, et nous les aimons violemment. Frivoles, folles, sourieuses ou mélancoliques, quel que soit leur intime esprit, elles nous anoblissent de leur suavité. Leur équilibre fait leur vertu. Dans cette pensée elles demeurent très précieuses. Ce que je souhaite connaître en elles, et par leur exquise entremise, je ne leur en fais point l'aveu. Pourquoi les instruire sur mes entreprises ? Avec elles, et à leur insu, j'explore des provinces et des plages, j'étreins de croulantes cataractes, la lune candide et la glauque mer, dont leur corps imite les périphéries. Ces jeunes femmes nous transportent d'amour. Elles donnent d'autochtones voluptés. L'harmonieuse cadence de leur séduction est l'effet d'un mouvement fluvial bucolique, lacustre ou marin. Riches langueurs de la terre, comme nous vous éprouvons ! En compagnie de Galathée, de Myrto ou d'Adélaïde on peut prendre contact avec des coteaux, de glaciales grottes toutes grondantes de noires ondes, des parcs et des lacs, de nocturnes tonnelles odoreuses, qu'enflamment d'opaques pommes cramoisies.

Dans cette situation d'esprit, les amants ont coutume d'attribuer à leurs jeunes maîtresses toutes sortes de noms assez baroques, que, pour ma part, je trouve d'un ton sublime : « Colombe, Fleurette. » Ainsi disent-ils. — Nul doute qu'ils ne désignent par là, que ces délicates créatures sont assez susceptibles de leur communiquer la poudreuse douceur des oiseaux et la volupté des senteurs. Et ne sont-elles pas en effet des demoiselles qui intercèdent afin que nous connaissions Dieu, les substantielles prairies, Pan et Diane, l'antique Amphitrite qui dompte l'orage des océans.

Ah ! qu'elles sont fines, pourtant, et à cause de cela aussi ? et pourquoi tenons-nous à l'une plutôt qu'à l'autre ? A un point de vue moins particulier, je pense qu'elles valent peu toute notre affection ! Certes, ne

fut-ce que par politesse, il faut toujours les entretenir
des violentes flammes qu'elles allument dans nos cœurs.
Si vertueuses qu'elles puissent nous paraître, elles ne le
sont pas à ce point que notre adoration les froisse, et
malgré l'innocence dont elles font présomption, elles
ne demeurent guère satisfaites quand nous persistons
à leur en croire tant que nous craignons de leur en
retirer. Leur vertu la plus singulière consiste précisément à n'en avoir aucune qui leur interdise l'impudeur, la volupté et la luxure. Mais qui donc ne les
absoudrait, lorsqu'elles témoignent d'une ardente frénésie? Elles s'infatuent, ces ingénues, de nous refu-
ser les félicités que nous désirons avec une noire
fièvre, et auxquelles elles souhaitent bien, tout en
secret, goûter. Comme elles y mettent de la candeur !
Combien leur dureté est joyeuse! Elles nous tiennent
rigueur, se fardent, pouffent, se couchent, et rien de
tout cela ne tire à conséquence.

Cependant, leurs amants y croient. Dieu ! que nous
souffrîmes, petites filles, à cause du refus que vous
opposâtes à tel vœu de jeux voluptueux, l'hiver, un
matin ou au crépuscule. Malgré que vous preniez des
airs d'indifférence, ah ! n'avouerez-vous pas un jour,
la grâce en laquelle vous tenez sans doute le plus
mélancolique de ces seigneurs, et le prix charmant
que vous attachez aux téméraires aveux qu'ils vous
ont faits ? Si vous êtes moins éprises que nous, c'est
que vous nous comprenez mieux. Vos amants sont les
personnages les plus propres à vous faire strictement
ressentir les chauds et beaux mouvements du monde.
Or, pour nous, vous représentez bien autre chose.

Cette conception sentimentale nous brise, quand ces
divines frivolités ne possèdent aucune aptitude pour
la stagnation des constances. Pourquoi les tenir en dis-
grâce, à cause des petites trahisons auxquelles leur
nature les contraint? Et peut-être attachent-elles aussi
moins de prix aux spécieuses délices qu'elles sont sus-

ceptibles de nous prodiguer, puisqu'elles montrent tant de complaisance à l'égard de quiconque s'en désire le sujet. Il ne convient guère d'accueillir avec une telle mélancolie la nouvelle qu'une fraîche courtisane, en qui nous mettions toute notre allégresse, vient précisément de s'enfuir avec quelque ingénu jeune homme. Que ne restons-nous immobiles ! car elles n'y voient pas d'importance et elles y éprouvent du plaisir. Autorisons-les à le prendre. Ces serments, par quoi nous nous engageâmes a être épris de leur beauté jusqu'a la mort — et même après —, ces gages, ces bagues, et une guirlande, la marguerite que l'on effeuille afin d'attester le plus noble amour, rien de tout cela n'est durable. Elles le prévoient bien, les unes et les autres. Elles jouent et rient, comme des enfants, quand leurs trahisons nous épuisent d'horreur !

Leur inconstance témoigne seulement de leur infinie volupté. Personne n'y peut rien et chacun le sait. De peur que nous ne demeurions placides et sages à leur égard, elles nous font cent mille agaceries auxquelles nous attribuons une signification, et qui n'en ont point, sinon cette crainte même. Ainsi ce qu'elles désirent avec le moins de force, elles ne se le refusent jamais. A la luxure et a l'amour elles préfèrent le goût que nous en avons et qu'elles s'infatuent de nous inspirer. Elles mettent tout leur art à feindre une passion qui les comblerait de tristesse s'il fallait qu'elles la ressentissent, et dont elles ne partageront point la fièvre et les tragiques alarmes, mais elles feront tout pour nous la donner si nous leur paraissons indifférents.

Cependant, aucun homme n'est épris davantage qu'elles-mêmes. Quand nous simulons de l'effroi au sujet de leur perfidie, ce n'est, le plus souvent, que par pure bienséance. Il est assez d'usage d'être empli de sanglots dans le moment que ces personnes dénoncent par

J'impudeur de leur fuite sans façon, le mauvais ton
qu'elles ont pris avec nous et l'inconvenance dont
elles étaient capables. Pour moi je ne puis croire au
sérieux de nos plaintes. Cet amour est inconsistant.
Je ne parle pas d'une femme à qui il nous a plu d'offrir
des aïeux, une habitation et des enfants, mais je
fais seulement allusion à ces rieuses petites courti-
sanes de qui cette délicate Sylvie augmente précisément
la compagnie.

Joyeuses demoiselles d'or, quelle souffrance super-
flue, quelle excessive tristesse demeure la nôtre ! —
Croyez-moi, c'est froide courtoisie, et notre amoureuse
affliction reste extraordinairement trompeuse. Que
ne montrez-vous une pareille pudeur ! Nous vous
tiendrions en honneur, et vous nous seriez plus précieuses. Perpétuellement, ici et là, vous êtes sur le
point de périr de joie et de succomber au flux des
sanglots, vous êtes prêtes à la gloire, aux rôles de la
douleur, aux batailles et au trône, aux plus affreuses
défaites. Rien ne vous cause de stupeur. On vous
adore et on expire. On vous fait cadeau de riches
péninsules, de troupeaux et de blancs châteaux ; on
vous délaisse et on sourit. — Toujours ces conjonc-
tures vous trouvent tout disponibles.

Vos cruautés nous ont fait bien souffrir, quoiqu'elles fussent d'un tour innocent, et malgré leur
superficie. Est-ce que nous subirons toujours ces
noires trahisons qui nous brisent ? Ah ! si bénévoles
que vous vous disiez, aucune ne l'est suffisamment afin
de nous autoriser à goûter les sublimes délices que
nous souhaitons. Mais redoutez donc notre ardeur, ou
craignez enfin qu'elle ne soit éteinte !

Et puis sommes-nous tellement épris ! Petites filles,
petites filles, ne suspectez-vous point le fragile gage
que nous offrons en vous comblant de nos serments,
puisqu'en effet vous les romprez, un jour, avec la plus
sombre insouciance ? Vous êtes là, belles de claires

écharpes où poudroie une lumière à fleurs ; des tendresses nous brûlent ; vous vous en allez ! Cependant cessez de nous croire férus de l'une, plus que de l'autre ! Il suffit qu'Ismène dénoue sa ceinture pour que nous délaissions Sylvie, et si nous soupirons, en manière d'élégie, ce n'est point que nous ne puissions nous passer de vos chers baisers, mais il s'agit de bienséance, et nos larmes attestent moins la force de notre amour que la politesse dont nous sommes imbus.

Hélas ! pourquoi vos trahisons ? Pourquoi ces perfides défaillances, desquelles vous vous autorisez afin de dénouer vos ceintures, selon le caprice et l'alanguissement ? Pourquoi nous abandonnez-vous ! — Ici ou ailleurs, l'amour vous ressemble. — Et parce que vous montrez une fâcheuse inconstance, ne souhaitez point que nous restions fidèles. — Qu'allez-vous faire autour du monde ? — N'en prévoyez-vous pas l'identité ? — Bien que vous soyez extrèmement placides, vous contrefaites à merveille les Elvire, et malgré les pires perversions dont la corruption vous souille, vous n'avez point peur de jouer les Agnès. Vos beaux seins se soulèvent, frémissent, pleins de flammes et de tressaillements, comme si l'amour même respirait en vous. D'ailleurs, cela ne nous trompe pas. Si nous avons feint d'y croire, c'est par crainte d'y être entraînés et vos subterfuges, en effet, ont plus de naturel que nos sincérités. Chères Frivolités, malgré tant d'embûches, les trompeuses fontaines de vos clairs regards, combien vous nous êtes adorables ! Il se peut, cependant, que vous ayez conçu la fine et fantasque entreprise de contenter tous vos caprices, mais qu'est-ce que vous désirez ? Mais qu'est-ce que vous désirez ?

Ah ! vous tenir là, strictement, sans plus, tempes battantes, joie et songe, la belle écharpe d'aurore semblable à une fumée, tendresse pure, repentirs, vous emprisonner toute ! Mais nul ne le peut. Taisons nos soupirs quand le bon vent noir les emporte là-bas, autour de la terre, parmi des enfers. — Pourquoi tant souffrir de vos fuites ?

**

Les amants dont M. Montfort nous a raconté la liaison ne partagent point cette opinion puisqu'il attribue à l'un d'eux le plus furieux des désespoirs possibles, mais pour ma part, je les en excuserai à cause du ton très pathétique qu'ils ont su prendre pour en défendre une différente.

**

Cette banale et sublime et divine aventure de deux amants heureux que sépare le destin, M. Eugène Montfort, après Racine, Rousseau, Bernardin de Saint-Pierre, Balzac, Pierre Louys et une infinité d'auteurs, s'est plu à nous la raconter. Malgré le génie de ses devanciers qui ont su acquérir par les séductions du sujet et les attraits dont ils l'ornèrent, la faveur du public et une belle renommée, le jeune écrivain dont je parle n'a point craint de s'en faire encore le narrateur. Il ne l'a pas craint et qu'il eut raison !

Il a mis dans ces descriptions une extraordinaire véhémence. A de monotones et incolores plaintes, il a pu donner de l'accent. Il en a rendu le ton plus vivace, plus tragique et plus minutieux. Il l'a embelli avec innocence. Tout l'art ingénieux des béatitudes, des sanglots et des nostalgies en rehausse la fragilité.

Cette Sylvie est extrèmement fine. Dieu ! qu'elle est jolie et aimable ! Et son amant, le tendre esprit ! Au regard de cet ingénu, le brillant visage de Sylvie imite à un tel point l'incarnat des jeunes roses, et parmi la blanche robe de toile brasillent si lucidement les claires *vagues d'une mer matinale, qu'il imagine, assurément, que nulle rougeur ne pare plus le jardin et que la lumière s'éteint sur les flots. Au cours de ce livre, en effet, vous ne verrez point de descriptions fades, mises là, au hasard, comme dans les romans, pour l'unique but d'en rendre la lecture plus pénible. L'arbre et la maison, l'oiseau et la feuille n'y interviennent et n'y paraissent que pour contribuer à l'intense passion et afin d'en rendre excessives la frénésie et l'allégresse.*

Aussi, sommes-nous sans cesse émus. Il est vrai que M. Montfort s'est résolu à rajeunir le pesant jargon quotidien par une infusion de son propre sang, et à en secouer l'apathie aux petites secousses de son cœur. Tout cela est d'un art précieux. Cependant, si facile qu'il soit de combler des plus beaux éloges, Sylvie, son amant et leur historien, et quoique je sache parfaitement qu'un auteur sollicite, surtout pour lui servir de préambule, plutôt qu'un commentaire ou une introduction, une façon de panégyrique préparatoire, et enfin quelles que soient les grâces, l'intensité et la violence de ce récit, je ne désire point les nommer et je me tairai sur leur nombre, car je craindrais qu'on ne suppose, sur mon insistance à les célébrer, que ces mérites ne surpassent guère ceux de Mazel, d'Émile Richebourg, ou bien de Robert de Souza, tandis que ce jeune écrivain en possède d'exquis et de supérieurs.

Saint-Georges de Bouhélier.

SYLVIE

ou

les émois passionnés

PROLOGUE

LE parc est tout en fièvre de
l'été, ô mon beau ciel et mon
beau cœur comme tout est frémissant ! Les choses tremblent
de désir, elles délirent folles. Ces
herbes se plissent, ondulent, ah !
que de soupirs ! Les cigales chantent, les petites fleurs palpitent
d'amour, et ce ruisseau coule des
caresses. Les cailloux polis cris-
sent d'émoi aigu ; ces arbres se
pâment de mêler leurs branches.

La terre échauffée tressaille agitée, l'air roule des vagues bleues troublantes. Le vert de ces feuilles est à en mourir, je suis haletant de rires et de pleurs, mes tempes battent, j'ai peur que ma poitrine éclate.

O les petits pas dans la tiède allée! Je vois une mince poussière blanche, les petits pas glissent...

— Madame, vous êtes lasse, vous êtes lente ; l'été nous pénètre d'une telle langueur! Marchons côte à côte. Allons tout doucement. Ecoutons chanter...

. Elle s'appuya sur mon épaule ; nous avancions sans parler ; elle respirait fort, elle devint toute rouge. Je tremblais. Tendresse!

mon âme était-elle près de défaillir !

... Les oiseaux chantaient des hymnes divers. Un souffle fragile passa sur nos joues, et sur notre front et sur notre cou. Ce fut un petit frisson. — Ah ! ah ! les jolies marguerites bruissent. Tes cheveux brillent. Tu sens des parfums comme une fleur. Tu es belle ! tu es belle ! mon cœur s'envole, je ne sais plus si je vis. Mes yeux voient tellement ! Nos vies sont mêlées... je soupire avec ta poitrine, et ces gazons sont ma poitrine, nous sommes confondus toi, toutes choses et moi, tout cela a des veines où coule notre sang.

... Il y avait de l'ombre noire et fraîche, on s'étend sur l'herbe avec joie, on respire de tous ses poumons, on se sent une force immense... — Approche-toi. Nous sommes tout près l'un de l'autre, nous sommes tout près des choses, ce parc et ce ciel, nous n'avons qu'une âme... Bonheur! Bonheur!... Nos lèvres s'unissent. Depuis toujours elles s'appelaient, elles se sont retrouvées... Taisons-nous, ne remuons plus. Si nous mourions maintenant, nous ne le saurions pas; rien ne changerait... Voilà l'autre vie, la vie parfaite, le beau paradis!... Bonheur!... Taisons-nous...

PRÉFACE A SYLVIE

Ah Sylvie! pour moi ton cœur est une eau transparente, j'y vois bien mieux que dans le mien. Il est dans un profond tumulte, il est rempli de cris et d'affolements comme un paysage paisible après une grande révolution de la nature; de frêles oiseaux — qui n'avaient encore jamais vu d'orages — sont jetés dans une immense tempête. Ah Sylvie! tu es à une minute extrême de la vie. Tu étais froide et inanimée; tu étais ignorante et silencieuse; voici que l'Amour, avec sa face éblouissante, s'approche et te saisit — il marche, et des lumières jaillissent de la terre — tu n'avais encore vu que la nuit, et l'on te précipite en face du Soleil!

Sylvie, tendre amie, les baisers sont puissants comme les dieux. Je me suis penché sur toi, je t'ai prise dans mes bras, j'ai posé fièvreusement mes lèvres sur les tiennes; alors tu as senti tout un univers inconnu s'agiter dans ton sein, les voiles épais se sont déchirés, de grandes clartés ont inondé ton âme; — émerveillée, tu t'es trouvée soudain dans les parfums et les couleurs; — suffocante de surprise tu as lancé des regards tout autour de toi, et tremblante d'un trouble suprême tu n'as plus rien vu que des paysages frémissants..... Petite fille! petite fille! petite fille pâle, petite fille de neige, voilà enfin dans ta poitrine la vie avec tous ses soupirs et ses frissons... Petite fille glacée, voici une grande chaleur! Petite fille quelconque, voici de grandes beautés! — petite chose admirable et délicieuse, voici qu'éclate triomphalement l'instant de ta naissance :

Tu vas être tout entière pétrie de sensibilité, et dès maintenant tu seras sans cesse palpitante d'émotions...

PREMIÈRE PARTIE

Vois-tu petite âme, vois-tu ma chérie, de notre lit comme la chambre est gaie, si claire, ce matin avec le soleil. Regarde la poussière, là, qui fait des danses de lumière, et nos meubles brillent, j'en suis ébloui.

Sylvie tu vas mettre ta robe blanche.

Oh! quelle joie! je pense que le ciel est bleu, on doit voir les anges, il y a des oiseaux partout, tu entends?

Sylvie! chante et ris ma chérie. Sautons en bas du lit. Je tends mes bras. Jette-toi. Là! Et tous tes baisers à la fois... — Ecoute, je t'habillerai avec amour... — Tes cheveux me frôlent, petite âme, ô petite âme j'en frissonne. — Tu es mon bien et mon bonheur. Je

fermerai ton corsage, je peux emprisonner tes seins, toi tu encageas mon
cœur.

Le beau soleil! Aux vitres les mou-
ches, les petits éclairs et les bruisse-
ments. C'est doux le printemps... Le
grand lit vide, à quoi pense-t-il?

J'ouvre l'armoire. Ton linge embaume. C'est un parfum de lavande.
C'est si émouvant, mon rêve! j'en
pleure... L'heureuse chemise! sa vie se
passe pâmée : elle connaît tellement
ton corps : elle en sait le moindre pli,
elle doit te dire des paroles ineffables
que j'ignore...

Petite Sylvie! n'est-ce pas je suis
bavard comme une pie... — Mets tes
bras en cercle par-dessus ta tête (pour
ta coiffure). — C'est fait! — La jupe
frissonnante se colle à tes hanches, ta
gorge fait frémir ton léger corsage...

Te voici prête. Tu es blanche, toute
blanche. Tu es fraîche comme le printemps. Toute la chambre chante, ô ces
fanfares de lumière!... Regarde-moi.
Mon cœur est un fou de joie! et toi? ris!
rions! écoute, je t'aime :

Sylvie! Sylvie! Sylvie!

Le beau gazon vert frais! Quel délice
d'être étendu... Sylvie je t'y vois en-
chassée comme une étoile dans le ciel.
Le soleil rose du matin chatouille le
grand marronnier, les murs de notre
maison sourient comme lorsqu'on s'é-
veille, les fenêtres brillent, il y a encore de la rosée par terre... Etire-toi,
ma chérie, roule-toi dans l'herbe, moi
je mets mon chapeau sur mes yeux et
je fais bien également monter et s'abais-
ser ma poitrine pour te faire croire que
je dors... O Sylvie! que je te vois jolie,
toute blanche dans l'herbe, à travers
les pailles lumineuses de mon chapeau.
Ah petit cœur! je te vois! tu crois que
je dors, je te vois! je te vois! tu cueilles

une herbe, tu pinces tes lèvres mutine-
ment, tu t'approches avec précaution,
tu retiens ton souffle, et tu me glisses
ton herbe dans l'oreille pour me cha-
touiller. Ah! Ah! je sursaute extrême-
ment pour te faire plaisir... Tu pouffes
de rire, tu en étrangles, tu t'enfouis la
figure dans le gazon, mais je m'élance,
je te saisis, je te redresse : ris! ris! co-
quine! un baiser, deux baisers! trois!
quatre! Ah! ah! ah! ah! Sylvie! Sylvie!

... Sylvie! Sylvie! tu babilles, tu dis des petits mots chanteurs, jolis, qui passent dans l'air comme des clochettes. On t'écoute, on te voit, on n'entend plus rien, on ne voit plus rien que toi. On est tout entouré de musiques, tu babilles et puis tu sautes, tu bats des mains, tu cours dans la chambre en chantonnant... Qu'est-ce que tu chantes, ma chérie? Qu'est-ce que tu chantes? C'est frais comme du ciel, c'est doux comme du lait. Mon cœur, c'est si joli que j'en suis tout en pleurs. Tiens, tu vois, je m'arrête, je tremble, je ne sais plus les mots, on dirait qu'il y a un grand nuage venu soudain sur le ciel bleu et que mes veines de sang joyeux se sont ouvertes pour laisser s'en aller mon bonheur...

... O te voilà qui descends la pente
ensoleillée! Tu es là-haut, Sylvie, je te
vois, tu te hâtes, tu m'as aperçu, je t'at-
tends, je vois mon bonheur qui s'avance
à pas pressés... La lumière, l'herbe, la
poussière me frôlent en frissonnant;
elles vivent mon impatience... Cours,
mon âme! vite! jette-toi sur mes lèvres,
je suis seul, ô quelle solitude! quel vide!
je suis seul, je suis anxieux, il faut que
tu sois là, il faut que tu serres mon
bras, mes yeux ne suffisent pas, il faut
que tous mes sens disent à mon âme
que tu es là, que tu es auprès de moi,
que tu n'es qu'à moi...

Cours, ma vie! cours! approche-toi,
entoure-moi de caresses, cours...

O te voilà ! te voilà! Mon Dieu, quel
bonheur! je te tiens, tu es là! Dieu!
Dieu!...

Dans la fraîche salle aux persiennes
fermées, le soleil aveuglant fui : la
table chargée blanche d'une nappe dans
le brun foncé obscur des meubles; les
carafes d'eau ruisselantes avec tout un
monde dedans reflété, les assiettes, sy-
métriques — et les pyramides de fruits,
et les couteaux affilés qui brillent...

J'entre : à table! à table Sylvie! —
A côté l'omelette crépite, le feu doit on-
duler lentement, il doit y avoir de
grandes lueurs dans la cuisine, — à
table! Sylvie!.. Le pain craque, crous-
tillant, doré, on dirait qu'il éclate dans
la bouche, tes dents blanches et petites,
pointues, y font des trous joyeux, — il
éclate.

O Sylvie! mangeons! Sur la blanche table l'omelette fume, dorée comme le bon pain. Tout cela sent bon, nous avons faim. Mangeons sans rien dire, avec un bruit de fourchettes et des yeux contents. Petite Sylvie, tends-moi le verre clair — ô! ce geste fait tomber tes seins! — Nous allons boire, le vin rouge est beau comme tes lèvres;... bois petite âme! bois petite âme! Après nous rirons comme des fous...

(On est bien, il fait frais, au dehors les beaux chants d'oiseaux, le grand bruit d été. On est bien, il fait frais)... Regarde-moi comme cela avec ces yeux-là... Ah Sylvie! Sylvie!... — Allons, la crème est blanche et paresseuse, réveillons-la; en silence mol elle glisse dans l'assiette lourde... plonge ta langue comme une fleur dans un pré, lape petite chatte! Ta bouche et la crème dessus! petite Sylvie, petite folie. — Ta langue et ma langue dessus, petite folie! petite folie!...

Aux fraises, aux fraises rouges, au bon parfum du bon Dieu, écrase-les contre tes dents, c'est mon sang! c'est mon sang! C'est mon sang, tes doigts s'en barbouillent : tes doigts barbouillés dans mes longs doigts blancs...

Déjeuner! Ton souffle dans mon cou, ma bouche dans ta gorge — tes yeux rient, tes seins rient — ô mon Dieu! il fait bon, il fait sombre, je frissonne, des caresses! des caresses!... ô Dieu! ô Sylvie! ô les baisers!...

Douce la chambre semble ensommeillée. Je suis — la pensée vague — imprécis, fluide. Doux l'ombre, calme et silence...

Grand bruit à la porte. Poussée. Elle s'ouvre, la lumière en flots, la lumière en flots... Un cadre foncé dont est entourée : Sylvie toute blanche qui entre...

La porte! Sylvie! Voilà! voilà! tout cela se met à rire, tout cela saute, tout cela chante, tout cela sent, tout cela est bon... La porte!... Sylvie!..... Je suis ébloui, je suis tremblant, elle avance, elle a ses mains en avant comme des fleurs, j'ai un grand concert dans mon sang, je suis étourdi, je suis rempli de joie, mes oreilles bourdonnent comme si je me noyais... O Sylvie! toi, là, encadrée dans la porte, reste, reste, il faut rester comme cela,... on ne sait rien dire,... on est là,. . je ne peux plus que sourire,... faible,... faible, ah !... on dirait qu'on meurt...

Sylvie, chère, ô chère Sylvie! l'air est
lourd ce soir, on ne peut pas respirer.
La chambre est toute languissante, les
murs sont brûlants, on croirait qu'ils
battent comme tes tempes. Tu marches
sur le tapis, je le vois qui se soulève au
frôlement de tes pieds nus. O mon
cœur! mon cœur, mon amour! pourquoi me regardes-tu comme cela? il y
a dans tes yeux un feu qui me brûle,
j'en frissonne de tout mon corps, ton
sourire me jette hors de l'horizon, tes
dents bouleversent les murs de ce
monde... Entends-tu Sylvie, tout près
dans le jardin, le chien qui hurle si bi-
zarrement? — Etrange nuit d'été, quel
philtre immense coules-tu dans tous

les êtres ? mes veines se gonflent, il y glisse des flammes. L'air vibre au moindre murmure, il se pâme comme une chair.

O mon délice, sois folle! ris! chante! ris aux éclats! fais des folies, embrasse-moi, je ne sais, il y a une multitude de souffles qui m'impressionnent. Je suis fou, vois, le lit nous regarde, il est tout blanc, il est large comme un abîme, il nous appelle, il nous appelle. O Sylvie! tes seins sont roses, tu palpites, étends-toi, ouvre-moi tes bras, je t'aime, je voudrais crier, ta bouche incendie toute la nuit, je ne sais pas! je ne sais rien! je suis fou, je sais que je t'adore!...

La, Sylvie :

Dans le coin sombre, un pli d'attention aux lèvres, et le livre sur les jambes
croisées, et un doigt dans la bouche.

Elle fait de grands efforts, elle cher-
che, elle suit les lignes avec ses yeux
étonnés — cela doit tracer de bien sin-
gulières images dans sa tête...

Et moi je songe :

« ... Petite Sylvie, rieuse, mutine,
chanteuse et vive, ô petite Sylvie! tu
n'es pas faite pour lire des mots écrits.
Tu n'es pas faite pour être songeuse et
muette. Tu ne dois pas rester immobile
sur une chaise dans un coin sombre. Il
te faut de la lumière, et du bruit, et des
rires. Tu es là pour faire des gestes, pour

courir dans la pelouse, pour m'appeler, pour m'envoyer des baisers... Lève-toi, va, laisse ces papiers, c'est plein de choses ennuyeuses, on ne s'en occupe pas, on laisse cela pour les vieux hommes qui ont des lunettes. Viens donc, il vaut bien mieux courir en se tenant par la main, et ne penser à rien et s'embrasser pendant des heures en se serrant, et rire, et jouir, et vivre... »

Ah quel délicieux bonheur qu'une simple solitude dans une chambre close parmi toutes ces choses familières! Quel délicieux bonheur avec tes yeux qui me regardent, ton souffle pour moi, tes gestes, tes sourires, ton âme, tout cela pour moi!...

Le monde est bien loin, il n'y a rien, il n'y a rien, il n'y a que toi, il n'y a que moi, et la tiède atmosphère d'amour, et tous les oiseaux qui chantent, et ce que tu dis, et tes gestes doux et si exquis, et la maison qui est là à nous abriter, et les grands soleils et les petites pluies.

Voilà : l'adorable chambre, et les belles poteries qui sont bleues et blanches, le lit et l'armoire, le fauteuil où je suis avec ma pipe noire qui fait des fumées d'azur, toi en face et tes yeux extraordinairement naïfs et purs et pleins d'admiration...

Sylvie, il y a des gens si fous qu'ils souhaitent autre chose, c'est bien risible et singulier, moi je ne souhaite que ton amour pour toujours et de pouvoir assez t'aimer...

O petite maison blanche, et noire du lierre touffu qui y grimpe jusqu'aux ardoises du toit, ô petite maison, je t'adore d'avoir enclos toute l'intimité divine de ma tendresse. Te voilà — là — qui t'asseoit dans le fond du menu jardin, derrière le grand marronnier qui te cache, — d'ailleurs la chère avenue est bien silencieuse et bien déserte, et l'on n'est pas curieux du simple bonheur. — O douce maison ! tu es un spectacle admirable pour mon âme ravie...

J'aime chacune de tes pierres, et tes fenêtres à la boiserie verte, et les trois marches de l'entrée et la vieille porte branlante que l'on passe en laissant derrière soi la souffrance. Ton obscure et fraîche entrée, quelle pure joie de la franchir ! en pénétrant soudainement dans tout son bonheur. Je ferme la porte, et me voici parmi toutes ces choses familières qui vivent des mêmes souvenirs et des mêmes délices naïves que moi-même. Ces objets connaissent Sylvie, ils n'aspirent qu'à la voir, ils ne pensent qu'à être pris dans ses mains..., Sylvie leur parle, elle leur fait des confidences, elle rit avec eux, — ils pourraient chanter toutes ses chansons, et ils savent quelles petites moues de plaisir ou de tristesse Sylvie fait quand je lui raconte mes histoires, ils connaissent ses yeux quand je la baise dans le cou avec tendresse ou que je glisse fiévreusement ma main le long de sa chair palpitante et adorée. Ils l'ont vue dans toutes ses postures et dans toutes ses grâces, ils savent comme moi qu'elle est divine et exquise ; — et je les aime parce qu'ils connaissent ainsi complètement, toutes ces petites choses qui font notre vie.—O les bons amis intimes et discrets, délicats et sages ! je me sens avec eux comme avec moi-même.

Petite maison paisible et pleine de

bonheur, je te vois toute frémissante de posséder Sylvie. Tes carreaux rouges et brillants, tes murs crépis à la chaux, tes tapis, tes meubles, tout cela contient son âme. Il me suffit de te regarder pour apercevoir Sylvie tout entière dans chacune de tes briques ou de tes crevasses : par ses gestes, par ses musiques et par ses parfums elle s'y est gravée pour toujours...

O petite maison éblouissante au soleil ! ô petites feuilles de lierre et feuilles larges du grand marronnier qui clignotent et se moirent à la brise, gazons, banc vert, sonnette joyeuse de l'entrée, ô petites choses indifférentes et placides ! je vous adore... Pour toujours dans mon cœur vous êtes liées à Sylvie, vous avez été tout son univers, elle a déroulé toutes ses grâces à vos seuls regards, vous seules comme moi l'avez connue tout entière, ô petites choses indifférentes et placides ! vous demeurerez toujours pour mon âme des émotions très précieuses et profondes...

La chambre toute noire... Qu'il fait chaud, lourdes les couvertures étouffent, je me lève, je fais des pas. Les meubles lourds et gros dans la nuit, et le tapis sont endormis. L'air est muet, dehors fort silence obscur, le jardin repose, tout repose, j'entends dormir (paisible et muette volupté d'être éveillé) le grand marronnier ét les beaux gazons, les jolis parterres, les tendres petites fleurs dorment, dorment, dorment, — les cailloux blancs dorment, l'allée dort, le banc vert dort... La sage nuit silencieuse!

Pourtant, dans la chambre il y a le tic-tac familier de l'horloge qui veille

comme un gardien, et Sylvie dans le
lit, immobile, avec sa respiration égale..... Sylvie! Sylvie! ma Sylvie! les
draps blancs surgissent dans la nuit, et
tu es là étendue, reposant, les deux
bras en couronne sous ta nuque dorée;
je vois tes seins qui se soulèvent régu-
lièrement, et la placidité de ton visage
endormi et toute la douceur, et toutes
les délices de ton corps allongé. Ta
chair rose s'ignore, tu es plongée dans
le plus calme des sommeils, tu te repo-
ses, tendre âme, de tous tes bonheurs,
de toutes tes joies, de tous tes rires qui
emparadisent ma vie. O douce! aimée,
exquise, adorable amie! dors; demeure
immobile ainsi pendant les longues
heures de la nuit, comme toutes nos
choses intimes et sereines abandonne-
toi à un pur repos, — demain tu seras
plus fraîche, tu auras des lèvres plus
rouges, des bras plus blancs, des gestes plus simples, et toujours je pourrai
passer mes journées à m'extasier et à
t'embrasser, heureux comme un dieu.
Dors mon amour, je te regarde, tu es
naïve et douce comme une petite fille,
tu n'as point de soucis ni de tourments,

comme moi tu trouves que notre vie est claire et harmonieuse ainsi que l'eau qui coule d'une source; je te regarde, Sylvie, ton sommeil est divin comme une rose blanche, tu n'as point d'inquiétudes, je suis heureux, je pense que tu as des rêves et tu dois nous voir tous les deux enlacés, marchant dans des pelouses, et nous baisant sur les lèvres pour toujours, dans un baiser éternel comme je le voudrais...

Tᴇs petits pieds frôlent le tapis, bien-
aimée, cela fait comme un bruit de caresses. Tu vas, tu passes, tu te presses
dans la chambre, je suis ivre de regarder tous tes gestes. Ton jupon blanc
bruit, et tes cheveux fluides glissent
sur tes épaules. Je ferme les yeux, adorable soigneuse petite ménagère, je
veux seulement t'entendre marcher,
t'arrêter, et puis repartir comme une
souris preste. Je suis bien dans mon
grand fauteuil, je ne bouge pas, le soleil tombe sur mon cou, j'ai chaud, je
ne pense à rien, j'ai ton image dans la
tête, je la regarde, et je t'écoute marcher, petite âme, cela m'embaume.

Bonne vieille lampe de porcelaine, je
tiens à toi comme à un geste de Sylvie.
La petite chère bien-aimée, agile et
légère te donne tous les soirs ses soins
délicieux. Elle s'approche de toi, mutine et joyeuse, elle te regarde, elle te
prend dans ses mains, elle allume avec
grâce ta mèche humide, et cela fait que
tu éclaires doucement et silencieuse-
ment dans la nuit. Ta flamme — ta petite âme — coule avec lenteur une
égale lumière, et tu baignes de clarté le
beau papier blanc sur lequel j'écris les
louanges de Sylvie. Sa lumière est intime et discrète. Un grave abat-jour la
tempère et l'isole dans un seul angle
de notre chambre. Muette, assise dans
le grand fauteuil ami, et sérieuse, ma

Sylvie aimée me considère patiemment dans l'ombre. Et j'entends de ma table le souffle retenu qui s'échappe de sa chère poitrine. O délicieuse intimité du soir! L'encrier pacifique s'offre à moi pensif, et ma plume murmurante glisse sur les feuillets et trace ces lettres exquises que j'adore. Le bon silence nous entoure. Je pense à Sylvie, je ne parle pas. Nous restons ainsi lèvres closes à penser l'un à l'autre, elle soupire imperceptiblement, je sens son regard sur ma nuque, et je continue d'écrire tendrement impassible. O chère petite âme!...

INTERLUDE

Quand j'ai vu Sylvie, c'était
dans le beau parc frémissant.

Et sa poitrine soudain se mit
à battre, haletante. Et toute la
fièvre ardente de l'été l'agita jusqu'aux entrailles. O le beau soleil !
Quelle joie ! Débordant d'allégresse, quelle vie palpitante !...

... Nous avons été heureux.
Elle avait une robe blanche, ô
mon Dieu ! elle avait une robe
blanche... Tu courais, petite Sylvie, éblouissante, tourbillon-

44

nante... C'était l'été, les arbres,
gazon vert, la petite maison paisible et le lierre qui brille... Elle
avait une robe blanche...

Hélas! Hélas aujourd'hui!...
Voilà ce ciel qui est gris, l'au-
tomne vient, gros de morts... Ce
matin encore tu courais ô chère!
ô tendre! ô délicieuse!... Ah tu
n'as pas couru longtemps, les
ronces t'ont enveloppée, les
ronces ont mordu ta robe, ô malheur! malheur à nous! une déchi-
rure affreuse, une raie noire sif-
flante dans la robe blanche!
Hélas! Hélas! Sylvie! Hé-
las!...

DEUXIÈME PARTIE

Sylvie! ô ma petite Sylvie de joies et
de lumières, ma Sylvie rose et claire avec
ton gosier d'oiseau, plein d'argents tin-
tinnabulants et ton amour transparent,
ce matin tu restes là les yeux ouverts,
sans oser bouger ni parler, et, je le vois
bien, si faible que tu as peur de te briser.

Hélas! Hélas! voilà un jour amer de
tristesse. On aurait dû ne pas ouvrir les
yeux. Les yeux ouverts se sont emplis de
silence et de souffrance.

Hélas! Mon Dieu! Il n'y a plus de
soleil!

Les choses se couvrent d'une poudre
grise comme d'un voile de deuil. Ah
Sylvie! qu'allons-nous devenir? La

chambre est morne et sourde, des toiles d'araignée planent, je n'ose pas marcher. J'ai le corps tout engourdi, et l'âme aussi.

Il n'y a plus de soleil. Un grand ciel gris, les arbres pris dans l'atmosphère épais, blanc, épais tellement qu'il me fait étouffer, on me serre la poitrine dans un étau,... à l'entour on sent des choses endormies tout à l'entour des choses enveloppées dans du sommeil lourd...

A quoi penses-tu Sylvie ? Tu es debout près de la fenêtre, tu restes immobile, je vois tes yeux errer vaguement dans le brouillard. Ils sont couverts d'un petit nuage. Tu soupires d'une manière entre-coupée, tu dois avoir le cœur plein de sanglots...

Qu'y-a-t-il ? Qu'y a-t-il donc ? Tu sembles morne, tu ne dis rien, tu regardes le ciel gris, ta poitrine se gonfle. Et tu te retournes, tu passes lentement dans la chambre, tu vas en silence t'engloutir dans le fauteuil. Tu mets ta tête dans tes mains, tu ne parles pas...

O Sylvie ! Sylvie ! Quelle souffrance ! Il me semble que toute cette chambre a le cœur serré. Je suis oppressé, j'ai peur, j'ai peur, il y a un poids lourdement sur nos âmes, pourquoi donc nous regardons-nous comme cela désespérément sans rien nous dire...

Sylvie, pauvre amie, tu ne vas pas demeurer ainsi toute la vie sans parler et sans bouger abattue dans un fauteuil... Il fait silencieux, il fait noir dans l'âme, je t'en prie Sylvie tourne-toi vers moi, je t'en prie Sylvie viens, abandonne cette fenêtre, viens près de moi, viens dans mes bras. — Viens dans mes bras, je te serrerai dans mes bras, nous fermerons les yeux, nous ne verrons plus, nous nous réchaufferons l'âme...

O Sylvie tu n'entends pas !... Tu te noies dans le brouillard, tu es là douloureuse, tu es muette, tu n'entends pas,... je souffre...

COMME cette fenêtre t'attire. Tu t'y accoudes sans cesse. Qu'espères-tu donc voir apparaître? Jamais il n'y aura autre chose que le grand marronnier, et la pelouse verte, et le banc, et les petits cailloux.

Je ne sais pas pourquoi tu regardes toujours le ciel. Sylvie! Sylvie! O quelle morne journée! Nous agissons en rêve... Hélas! Voilà une vie comme un sommeil, nous sommes l'un près de l'autre nous voyons-nous? Hélas! nous ne nous pénétrons pas! Mon Dieu, pourquoi ne frémissons-nous plus, dans quel engourdissement sommes-nous jetés? Il y a un grand froid qui se glisse lentement, il va venir jusqu'à mon cœur, j'ai la fièvre, je tremble... O Sylvie quel malheur!...

L'atmosphère vague et vaine éteint
l'éclat fantasque de tes cheveux. La robe
grise vêtue enlinceulle tes gestes de silence et d'amour pleurant. On entend
des bruits sourds dans la maison. Tes
yeux sont douloureux à regarder, bien
plus que s'ils étaient gonflés de larmes.
La pelouse humide est dénudée, on voit
la terre noire s'enfoncer sous les pieds,
l'herbe décolorée gît, rampant et mena-
çante. Il faudrait s'étendre là, — on n'a
même plus à relever son collet, les in-
sectes ont crevé—on fermerait les yeux,
on ne dirait rien pendant les jours et les
nuits, on attendrait, on aurait des frissons de temps en temps, toutes les feuilles
tomberaient, on sentirait la pluie sur son

front, il gèlerait, et puis aussi bientôt
— il faut l'espérer — la neige blanche,
la neige molle, la neige qui s'épaissirait,
silencieuse, dense, étouffante, la neige
qui s'épaissirait partout...

O les rideaux blancs à la fenêtre, le
jour blanc, fade et pâle qui tombe, des
choses les grandes immobilités qui sur-
nagent dans le blanc. C'est comme une
chambre de malade. Mais il n'y a pas de
petits pas en pantoufles tout autour du
lit. Il y a le grand silence cotonneux, et
dans les oreilles et la tête les cotons du
silence tournent et tournent et frottent.
Ce ne sont pas des instants tristes. Vague
et pâle je suis, tout est pâle, le sang est
parti. Sylvie est étendue sans force ni vie,
blanche, toute blanche comme le drap.
On n'entend rien, — on n'entend rien...

Il fait sombre et triste comme si on ne voyait pas. On parle, les mots se noient dans l'ouate — La chambre imprégnée de ciel gris, mon Dieu! et Sylvie, petite âme, dans l'atmosphère maussade, sale, pénétrant profondément tous ses gestes; maintenant, hélas! Elle — petite âme dorée — c'est ce visage morne (pauvres yeux si près des larmes), cette attitude morte (Sylvie sans-espoir mon Dieu dans tout ce gris).

Cette chambre! cette chambre! — Quoi donc? — des cœurs brûlants qui se glacent : oh! c'est à en rire de douleur... Et puis la pluie qui égoutte là derrière la vitre, et les feuilles qui se

ploient pour laisser tomber — lente —
la goutte, et les petits oiseaux trempés,
blottis, ce gazon fauché, écrasé par l'o-
rage, ces ravines et ces flaques noires de
ciel...

Ici, cette chambre, lourd silence, Sylvie sans mouvement sur la chaise, tout
cela, tout cela hélas! et nos deux cœurs
gonflés, qui battent désespérément de
cette manière inconnue. Hélas!...

LES sons navrants moulus montent
lents dans l'avenue aux grands platanes
se mourant, pâles et secs, immobiles
dans le gris crevé de sons disloqués.

Courent les notes, haut, bas, trébu-
chant, dans la pelouse vieillie, défon-
cée,... par l'allée s'étouffent sur l'épais
tapis des feuilles tombées, jaunes et cas-
santes,... s'accrochent aux pierres sail-
lantes de la maison, tombent dans les
creux, rependent aux lierres fanés, —
et passent par la petite fenêtre la ligne
lumineuse sans bourrelets d'où le vent
noir souffle; la vitre tremble,... et les
notes tombent dans la chambre pleu-
rantes. Elles emplissent la chambre,
misérables suppliciées criantes, sangui-
nolantes, pendent aux murs comme des

loques, et rebondissent dans les coins, et vont toucher ma pauvre Sylvie, — l'égratigner jusqu'à l'âme — et moi-même affalés dans le fauteuil, la tête dans les mains, les larmes tombant. Nos sanglots et les sons roulent mariés dans la chambre ensemble s'enlaçant cahotés. Le ciel gris mesure le tout dans un mode glacé doucement désespéré, et les grands arbres nus vrillent uniformément ce trop immense champ gris... L'orgue de Barbarie qui a fini s'en va dans l'avenue, la chambre morne reste là isolée, gémissante dans le monde, et les deux formes grises — elle et moi — y sont qui ne bougent pas...

Dᴇ sautantes lueurs flambent aux bû-
ches qui sifflent, puis ronflent. Le vent
s'abat en trombe, s'engouffre dans l'âtre,
les cendres tournoient sur les carreaux,
des petites étincelles piquent la nuit.
Les mains tendues, visage penché à regarder le feu, on écoute son cœur battre.
Les rafales se plaquent, glissent et re-
partent dans l'avenue. On écoute son
cœur battre — un petit bruit parmi la
chambre. — Sylvie a le visage rouge,
au nez une grande ombre noire indécise
et choquante — Un silence — et le vent
reprend, et nous sommes penchés à regarder le feu; des noirs et des blancs
clignottent sur les murs.

— Sylvie...
Le feu mange le mot, je le vois qui

flambe; elle est là sans souffle, elle n'entend plus rien, elle regarde dans son âme le grand feu qui s'éteint. En l'âtre les flammes bondissent : embrasement immense, et puis mort subite ; les branches craquent, la fine cendre fuse...

— Sylvie...

Rien. Rien. Sa tête tombe sur sa poitrine. Elle voile ses grands yeux fatigués des flammes. Rien. Il vaut mieux se taire, ne pas voir le feu, ne pas voir la chambre, fermer avec force pour toujours son âme, ni pleurer, ni dire, être là sans soi, les deux bras ballants, le cœur écrasé poussé dans le fond...

Un grand coup de vent. — La rafale
court roule claque, s'abat. O Sylvie collée
au mur toute droite et raide, muette,
avec des larmes qui tombent des yeux,
ô toute la chambre tremblante, la grande
armoire effrayée et le lit, les draps livides,
en vagues, dans un désordre glacé et
malade, mon Dieu! quelle vision pour
me rendre à toujours malheureux!.. Un
grand coup de vent, rude, violent, —
la cheminée geint. Là, ratatiné sur mon
tabouret, là je suis là, à ne plus penser;
le vent par bourrasques accourt, frappe,
s'en va; et c'est ma pensée qui s'en va...
Je suis là sur mon tabouret à souffrir,
Sylvie est là à pleurer sans rien dire...
Je suis mort à force de ne plus sentir, je
suis abattu, je n'ai plus conscience, je

resterai là toujours, je ne bougerai plus
jamais, nous sommes morts, nous sommes des choses, nous sommes là, —
il y a la pluie, il y a le vent, il y le gris
— nous sommes là, nous serons là, nous
serons toujours là...

Mon cœur pend comme une
chose arrachée. Le sol doit être
couvert de sang et de larmes.

TROISIÈME PARTIE

O mon Dieu ! mon Dieu ! j'ai appelé
Sylvie avec une grande force, j'ai appelé
à me déchirer la voix et il n'y a rien là
que le silence et mon âme encore que je
sens blêmir de pleurs.

Hélas ! je me souviens, elle est partie
comme une morte, avec des rides creu-
sées dans les joues et de pauvres yeux
vagues comme des fumées. Les meubles
se penchaient pour la voir, on n'enten-
dait presque pas ses pas, elle s'appuyait
contre le mur. Elle a ouvert la porte, puis
le grand battant s'est refermé en frappant
un coup sourd. Je la voyais par la fenêtre,
elle a reçu l'air dans le visage, j'ai cru
qu'elle allait tomber, mon Dieu, il y avait
la douleur qui me mordait l'âme,.. elle
marchait doucement, elle est partie dans

l'avenue. Est-ce qu'on sait où elle a été, elle marchait dans l'avenue. Tout le jardin de neige s'est mis à pleurer. Est-ce qu'on sait où elle a été! Mon Dieu la maison est vide, mon Dieu la maison est vide...

Je suis là sans voir et sans entendre...
Et les grandes vieilles musiques cassées,
dans ma tête, à faire du bruit... Je suis
assourdi... Sylvie!... O mon Dieu! Hier
encore tu étais là, tu étais là étendue,
j'étais heureux. Je souffrais comme un
damné, j'entendais tes sanglots longs
si douloureux. J'étais heureux. C'était
encore du bonheur tes sanglots, Sylvie, tes sanglots. Maintenant il n'y a
plus rien.

Pourquoi es-tu partie ? Je ne peux plus vivre, je sens mon sang s'arrêter, je n'ai plus de souffle. Je vois les murs blancs qui veulent tomber sur moi pour m'ensevelir. Je n'ai plus de larmes, j'ai la gorge sèche, il y a de grandes flammes rouges qui brûlent ma poitrine. Je voudrais m'étendre par terre et fermer les yeux, et alors ne plus voir de flammes, ni de rouge, ni des formes, ni rien du monde. Mais je dors en sentant — ô profondément ! à grincer des dents—hélas ! que je suis réveillé. C'est horrible il y a toi dans ma tête, il y a une ombre qui t'imite, et l'air me mord en passant sur mon cou, et l'horloge, tic-tac, tic-tac, m'enfonce des clous dans les tempes. Je vois un grand tourbillon, la colonne tourne vite, vite, en s'appuyant sur ma poitrine et sur mon front. La forme fait des gestes et se penche vers moi, ô ce n'est pas toi! ce n'est pas toi!... Je l'embrasse. O Dieu! Dieu! c'est comme si on m'écrasait la tête, c'est comme si on me tordait le cœur:... ô je sens trop que ce n'est pas Toi!...

Où donc est-elle maintenant avec sa tristesse? Souffre-t-elle? Où court sa pensée? Est-ce qu'elle pense? Est-ce qu'elle peut penser? Est-ce qu'elle n'est pas accablée sous la douleur? Hélas elle était là, nous étions tous les deux en larmes, mais je l'entendais respirer, n'était-ce pas encore vivre? Maintenant je n'entends rien, je suis tout seul dans le silence, la chambre est pleine d'ombre, la terreur va m'envahir. Je souffre, hélas je ne l'entends pas pleurer auprès de moi...

Pourquoi a-t-elle séparé ma vie de la sienne? Où est-elle maintenant? Est-ce qu'elle ne reviendra jamais? Elle est loin, elle est dans le bourdonnement de la ville. O mon Dieu! nous étions côte à côte, maintenant je suis ici, elle est là-bas, il y a un grand mur entre nous... Nous n'avons plus la même âme; elle pleure toute seule, hélas! sa souffrance n'est plus identique à la mienne, elle a d'autres visions que moi, nous ne respirons plus le même air... Nous étions liés comme deux branches d'un seul arbre, nous serons étrangers comme si elle ne m'avait jamais parlé, et pourtant mon Dieu! elle m'a baisé sur la bouche, et je l'ai eue, serrée sur ma poitrine...

Tu étais là avec tes beaux yeux, ta belle bouche, tes beaux seins, toi toute entière qui es si belle et ta petite âme qui est jolie. Est-ce que ce n'était pas le Paradis?... Je me rappelle que cette chambre n'était pas muette et terrible comme aujourd'hui, c'était quatre murs emplis de soleil. Si quelqu'un passait dans les alentours, je suis sûr qu'il s'arrêtait, on devait voir que le bonheur était dans cette maison. Je sais bien que le jardin était rempli d'oiseaux, et puis il y avait des fleurs comme des sourires, cela devait sentir très bon. Je me rappelle que j'avais le cœur si léger de joie que quand je parlais j'avais des petits sanglots de cristal qui me montaient dans la gorge, et c'était doux comme de s'évanouir. Après on riait, je m'amusais à l'embrasser dans le cou par suprise, sa peau était fraîche comme de l'ombre. Elle courait après les papillons, elle n'en a jamais pris, mais je la regardais courir. Elle chantait, nous nous roulions dans la pelouse. Je ne sais plus tout ce que nous avons fait, ah ! nous étions bien heureux...

Elle marchait là sur les carreaux, ô mon âme ! combien de fois son pied s'est-il posé sur celui-là ? C'était bien exquis ce petit bruit qui glissait dans la chambre, c'était fin, c'était doré comme ses cheveux... Sylvie !...

Cette petite tasse bleue qui balance à ce clou, elle la prenait dans ses mains pour y boire son lait, ô mon Dieu ! tous les jours elle la prenait dans ses mains ! Et puis elle allait devant la vitre, elle jouait du tambour avec ses doigts, elle faisait de la buée sur le carreau et elle écrivait : *Sylvie,* en chantant tout doucement : *il fait beau, il fait beau, il fait du soleil, je t'aime bien, je vais mettre ma robe blanche, ma-bel-le-robe-blan-*

che... Alors elle ouvrait l'armoire et elle s'habillait.

Oh! je pense encore qu'elle couchait là chaque nuit dans ce lit, j'étais auprès d'elle, j'avais son corps ferme et frais contre moi, et je la prenais dans mes bras, j'appuyais ses seins contre ma poitrine, elle me serrait, je la baisais comme un fou, ô mon Dieu, nous nous tenions embrassés toute la nuit...

Hélas ! Hélas !

O pourquoi faut-il que j'ai plongé mon âme dans les souvenirs ?

J'ai tout oublié, je ne savais plus, j'étais en face des joies de mon cœur.

Hélas ! hélas !

Maintenant je suis ecrasé comme si le monde croulait sur moi, car je vois qu'il n'y avait rien autour de moi que des songes.

Hélas ! je suis remonté à la surface de moi-même. Dans cette atmosphère inerte d'agonie : quelque vague corps endolori et gémissant. Je sors d'une heure écrasante de faux bonheur, je suis seul, tout s'est enfui. Il n'y a plus hélas de vivant que l'atroce douleur qui m'a saisi !...

Il fait presque nuit, mais je vois trop clair. Je voudrais ne pas distinguer ma solitude, je voudrais une nuit si épaisse que je n'aperçoive plus mon existence. Le jour passe encore à travers les rideaux, je vois l'armoire et le lit, les meubles sombres et les murs. Tout réveille des souvenirs. Il faudrait la nuit. Il faudrait le silence : ne pas entendre de partout douloureusement crier son âme.

Je vais descendre fermer la grande porte, nul n'entrera plus jamais ici. Je poserai devant les fenêtres d'opaques couvertures. Voilà la nuit. Voilà la nuit. Mon Dieu je ne pourrai pas fermer les yeux, ils sont toujours gonflés de larmes.

Je m'étendrai sur le lit. Je croiserai les mains, je ne bougerai jamais, je resterai là toujours... Il y a tant d'ombre et tant de silence, est-ce que le silence et l'ombre ne finiront point par m'envahir?...

FIN

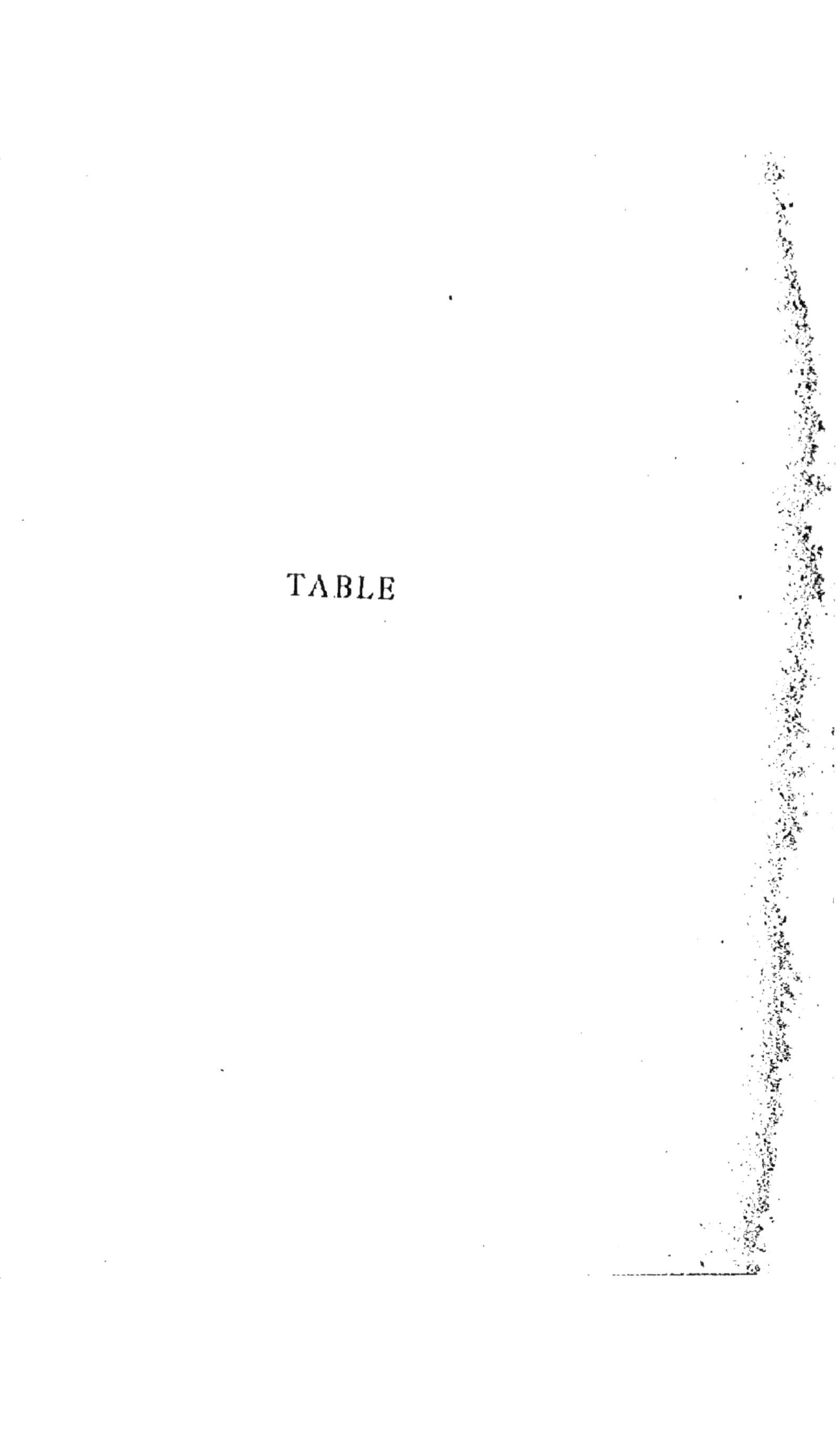

TABLE

ACHEVÉ D'IMPRIMER

le premier octobre mil huit cent quatre-vingt-seize

PAR

CHARLES RENAUDIE

pour le

MERCVRE

DE

FRANCE